我喜欢你喜欢我

张璇◎著

北京联合出版公司
Beijing United Publishing Co.,Ltd.

1 有人说

2 我喜欢

3 很想告诉你

目录 CONTENTS

我喜欢你喜欢我

4 你知道和不知道的

5 我常常

6 因为如果

自序

2007恋人絮语

张璇

有一种喜欢，清清淡淡，

可是风一吹就散。

也有一种喜欢，适合贮藏在心底，当作永远的秘密。

最棒的，还是两情相悦，而且很“耐”，可以很久很久的那一种。

像一粒种子，一天天发芽、茁壮、挺出枝叶。

渐渐长成一棵坚实、繁茂的大树。

我的爱情很简单，就是找一个懂我，

而我也很想懂他的人，然后好好生活在一起。

偏偏事情就是没有这么简单……

除了谈恋爱，从事两性研究也快十年了，

我一直很想写本有关女孩爱情蜕变的书。

究竟情为何物，实在很难用三言两语说清楚，

爱的表达方式也有千万种，

想来想去，决定将心中那个小女孩的声音忠实记录下来，

是她带我写完这五十六封情书。

不算是我的忏情录，但它的确忠实诠释了一个轻熟女

如何在感情世界里驾“轻”就“熟”的完整过程。

绘图美眉说，因为画这本书，读了许多“悄悄话”，

男友觉得最近的她，对待他的方式比以前好多了。

看完这本书，如果你们的感情变好，不用太感谢我，嘻嘻！

要先恭喜你找对了人。

（真的应该对身边的人好一点，因为他是那么地喜欢你。）

如果还没遇到一个很想跟他说很多话的人，也不要太难过。

要不是过去那些曾经令我极度悲伤的人和事，

很难明白什么才是真正的喜欢。

最后，衷心祝福每位读者都可以找着全天下独一无二、不可取代的那一位，

挑个方式向他告白吧！

或者，像我一样，直接对他说：真的好高兴，是你，喜欢我。

有人说 1

恋爱是自然而狡猾的欺诈

有人说
恋爱是自然而狡猾的欺诈
为了天涯海角好不容易寻得的梦想
排山倒海　无可避免又难以抑制的激情
我们都变成了诗人　歌手　演说家　魔术师
　　可爱的小白兔　和使命必达的宅急便

　　微风拂在每个人的脸上
　　路上的风景也变了
　　突然恢复了嗅觉和味觉
　　　　连呼吸都充满花香

认识了雄性动物灵魂深处的阴柔
　也听见自己最女性的原始呼唤

即使你不再是诗人或魔术师
激情也不再排山倒海
随着时间　我们渐渐从云端回到地面
但我并没有被欺诈的感觉

至少　你依然是我的小白兔　宅急便

　　还变成我专属的消防队和救护车

最完美的爱情在小说里

有人说
最完美的爱情在小说里
最完美的婚姻在梦境里

为什么大家都这么悲观
是情杀事件太多
还是被离婚率吓到

也有人说
劈腿是天性
偷吃是人性

为什么大家都这么贪心
吃着碗内却一直盯着碗外
这样分心怎么尝得出味道

好多人感慨真爱总是迟来
孩子生了三个才告诉人家
你不是我的菜
明知完美的情人不存在
还是忍不住想罗曼一下
过把瘾也好

这年头

专心是一种美德

每天忙着拆你一个人的礼物

闻你摘来的鲜花

推敲我们的剧本

哪听得见别人的敲门声

身边的悲剧已经太多

不完美的我们

何妨写个轻快一点的故事呢

吸引出于两种欲望

有人说

爱情是出于人对完整的渴求

有个神话故事说

人类原本是肉球状的双性生物

有两张嘴　两个鼻　四个耳　四只眼　四只手　四只脚

因为犯错触怒了宙斯　被闪电劈成两半散落至凡尘

所以不论男女总在辛苦寻觅自己的另一半

爱情是个奥秘

矛盾　神秘　自由　多变　疯狂　强烈

明知充满变数和意外

永远　是不可能的字眼

恋人们却总想证明爱的不朽

柏拉图也说

吸引是对美和不朽两种欲望的混合物

找到失落的男性或女性的另一半

就可以驱逐人的孤独感

和解决满足对美和不朽的欲望吗

我真的好想知道答案

爱情像棉花糖

有人说　爱情像棉花糖
吃太多觉得腻　吃得少又意犹未尽

蓬蓬的棉花糖
让人忍不住想伸手抓来尝
刚开始　只想单纯享受甜美的滋味
但久了　糖丝便开始黏手

糖衣裹得太紧　吃起来太甜
裹得太松　一不小心便随风飘散

也有人说　爱情像辣椒糖
甜过之后　一股辣冲到心坎里
覆着糖霜的辣椒甜点
越吃越呛口
喜欢辣椒糖的人　却觉得这种糖才够味

也追求渴望过销魂蚀骨
却发现真正的刻骨铭心不在口味重
而是一种清淡中的甘醇和微微的苦涩

我的爱情
不是棉花糖也不是辣椒糖
后来迷上了一种包藏着咖啡豆的巧克力

心灵相通胜过地址相同

有人说

一个心灵相通的伴侣

胜过一个地址相同的老公

和地址相同的人心灵相通

真的这么难吗

还有人说

幸福的婚姻生活　是科幻小说

夫妻相处之道　是武侠小说

难怪恐婚族越来越多

还好我们有共识

早早就听了莎老翁的话

与其凝视着彼此

不如望向同一个目标

不想让生活变成科幻和武侠小说

愿我们的每一天

都是一首十四行诗

感情如逆水行舟

有人说
感情如逆水行舟
不进则退

忙碌是最大的杀手
许多船只正卡在时间的缝隙中
一起划浆才能移动

爱情满足人的希望
给人飞行的羽翼　奋战的动力
更多时候　是在挑战恋人的极限
考验面对惊涛骇浪的勇气

全然投入是场大冒险
既然同在一艘船上
我已做好了准备
随时要与你破浪而出

再忙都要一起喝杯咖啡
一起整理风帆和桅杆
讨论冒险计划的下一站

再忙　也不能让我们的爱之船搁浅

关系像一面镜子

有人说
两个人的感情就像镜子
一旦出现裂缝
再难恢复到原本的状态
无论如何总会留下伤痕

信任　的确是关系里不可少的
所以我们格外小心
我常从这面镜子里看到自己
你的言行反映着我的对待
如果　常看到你的美
那一定是因为我也越来越优
如果　一直看到你的坏
我的问题应该也不少
如果　老是希望你先认错
固执的人很可能是我

喜欢相处
像喜欢照镜子那么喜欢
你的悲喜是我心情的投影

也许两个人的好处
就是多了这面镜子
可以让我们随时照见自己
和自己对话

我看见的你正是我自己

漂亮的女人不会做菜

有人说
漂亮的女人不会做菜
　会做菜的不够温柔
太温柔的没有主见
　有主见的没女人味
有女人味的爱乱花钱
　不乱花钱的不时尚
时尚的不让人放心
　让人放心的又不能看

也有女人感慨
　有才华的男人长得丑
长得帅的赚钱少
　赚得多的不顾家
顾了家的没出息
　有出息的不浪漫
懂浪漫的靠不住
　靠得住的　又太闷

还好很早就看透了一些事

　　鱼与熊掌本来就不可能兼得

不论是理想的情人还是完美的老公　都不存在

　　不管和谁　都是有一好没两好

既然你从不嫌弃我

　　我也不会再拿你跟严凯泰比了

有人说
会撒娇的女人最好命
我的幸运是因为这个吗

我不是小鸟依人型的女人
但不在乎让你看见脆弱
也不是手腕强的坏女人
温柔从不是我的工具或武器

不知这样的真
算不算撒娇
只希望感情
能像水一般清澄

有人说
女人是要哄跟宠的
那男人呢

如果我的不黏也是一种撒娇

你的尊重就是对我最好的宠

会哄和会宠女人的男人最好命吧

我想是的

恋人之间要保持点神秘感

有人说
恋人之间一定要保持点神秘感
这句话似乎没错
我就很怕你看见我的脚趾头
也不想在亲吻时看见你的鼻毛

有人说善意谎言难免
也有人主张开诚布公
到底该完全透明
还是保留点私密好呢
其实我很想冒一点险

距离会产生美感
但女人更需要安全感
过多的保留会带来慌乱
我们都不想让信任沾染到灰

你不太在意我玩你的手机
我也不再闪避关于前任的话题
虽然如此　看着你的眼睛
还是让我觉得　好有神秘感

我喜欢 2

刚好的距离

我们的互动
像鱼和海鸟
相异却又相吸
也像风和湖水
充满愉悦的追逐

鱼爱听海鸟歌唱
海鸟喜欢鱼的舞蹈
虽然是两个不同的域界
心　总是紧偎着的

好静的水爱上活泼的风
风也爱逗水笑
每次水不开心
像个闷葫芦提不起劲
只要风一吹起口哨
　　水的心情就会变好

喜欢这

亲密却不黏腻

相依却低束缚

最舒服的距离

小叮当

虽然有伴
我们还是会累
路并没有因此而平坦
还是有很多石头要搬开

虽然有伴
还是会发呆
会哭　会饿
会想大声喊叫
会和猫咪一样
一整晚像客厅里的一个静物

虽然有伴
还是可能每天自己上下班
吃着三天前的便当
两个礼拜收不到半句甜话
假日自己逛大卖场
也许有时我该大雄一点
让你好好当一下小叮当
把所有的烦恼压力悬而未决的问题都丢给你

可是你是人不是机器猫
也有好多烦恼　压力　和悬而未决
舍不得再加增你心智的重量

所以我还是会继续发呆
哭　饿　想大声喊叫
悄悄把一些石头搬开

一边想着
到底谁是谁的小叮当

按对开关

每个女人都像一座温柔的活火山
时时压抑心中奔腾的熔岩和火焰
只在特定的情况下　特定的对象前
才能释放它的光与热

旧经验可能让它休歇
怕受伤的心也不断向它催眠
好多好多火山宁可一直沉睡

平时静如一泓止水的我
当然也有一座小火山
被唤醒的时候　自己也吓了一跳
原来　在对的时间遇到对的人
就会唤起地心深处的骚动

有人不信真命天子（天女）说
但我深信每个人都有一位命中注定
宇宙无敌不可取代的唯一最合适
只有他（她）　可以轻易地按对开关

花园

纸上的散步是一种享受
可以与世界以外的自己
和脑中的你　尽情地交谈
在熟悉的花园里待上几小时
是最好的 SPA

不太想打扰过去和记忆中的残叶
大多数时候是为他们祝福
但偶尔会看见
　　　　在曾经的狂暴中摧折的树木

即使飘来一阵云雾
或是一场突袭的暴风雨
并不致使人恐慌
知道自己是安全的

一个人的漫步
可以更畅所欲言
更自由地安静　叙情
更奔放地向明日说嗨

　　　　随时欢迎加入

好自在

我喜欢看书写字　你喜欢聊天
还好你永远不会像个小女生
追问我到底爱书还是爱你
还有到底什么时候才会看完写完
　　　　什么时候可以说话

知道我怕吵　你总是静静做自己的事
偶尔用　跟猫咪说话
　　提醒我这屋里其实是有另外一个人的

除了喜欢看书写字
我也喜欢旁边有个安静的人
虽然你有那么多话想说
　　　　那么多热情急着要给我
可是你知道我
　　也学会了稍候

我有很多的喜欢和不喜欢
当然你也有你的
　　　　是你的耐心教会我

原来真正的喜欢　就是在一起可以　好　自　在

留一点白

你知道我喜欢　留一点白

留一点白给呼吸
　　留一点白给跳过去
留一点白给没干吗
　　留一点白给美美的
留一点白给可以弄脏
　　留一点白给然后呢
留一点白给休息一下
　　留一点白　给乌鸦飞过去

留一点白给有点恐怖
　　留一点白给了然于心
留一点白给蚂蚁去爬
　　留一点白给噼里啪啦
留一点白给烈火焚身
　　留一点白　给山雨欲来

留一点白给满到不能再满
　　留一点白　给明天和下一步

也许这就叫幸福吧

谢谢你说晚安

舒服的睡姿

一颗酸甜刚好的李子

接到你的电话

清晨的散步

还需要一点耐心

整天没听到半句脏话

电梯里三楼太太的微笑

十分钟找到停车位

在办公室吃到刚出炉的面包

洗澡的时候唱歌

全家人共进晚餐

常忘记　自己不再单身

下台阶

我们一向都不怕吵架
因为我们总是很快地和好
有时觉得　我跟自己和好的速度都没有像
跟你和好的速度那么快

我们一向都不怕吵架
更不怕吵架时谁不小心说了伤人的话
因为我们知道　在那之后受伤的一方会得到不错的补偿

我们一向都不怕吵架
也不怕吵架时不小心说了些伤人的话或摔坏了什么
反正说错话和破坏东西的人会负责道歉和把坏了的东西修好

当然　认错的那一方需要有个台阶下

通常委屈的那一方会花点心思帮对方预备

比方说　我也知道你不是故意的啦

比方说　其实你早点讲就没事了嘛

比较多的情况是我们互相道歉

然后找个台阶让对方下

所以我们之间　绝少有冷战这件事

就算有　大概也不会超过三小时

我们不需要冷战　只需要帮对方找个梯子

我一点都不喜欢吵架

却喜欢我们吵架后总可以速速地和好

还有舍不得让对方下不了台的疼惜

不算互补

喜欢看你对我的细腻或挑剔无可奈何的样子
素不刁钻的我
偶尔也想享受一下任性的快感

以前看不见也看不懂你的好
常把力气花在许多无谓的虚耗上
好像有什么开了我的眼
差异竟成为趣味
　　我们只是说着不同国的爱的语言

原来不同才能满足
对美的欲望
对完整的渴求

在一起不是为了把个人的缺角磨除
越来越懂得欣赏你那些奇形怪状
就像你对我个性形状的欣赏一样
这应该不算互补
　　是接受　和相属

爱的天真

喜欢你我都还有点爱的天真
情伤并没有阻扼谁伸出手来
反而让我们拥有更多沟通的暗号

喜欢和你玩秘语接龙
或在无声之水中戏游
不是无言或漠不关心
更不是拖棚的歹戏
亲昵说它从不怕冷场

喜欢感情可以淡如水
也可以浓如茶
郁如酒
可以不断变换摆设或行动位置
也可以数十年如一日
在固定的沙发上做自己

或许这就是我爱的天真
即使在形与影暂离的时刻
没有手机　没有计算机
依旧可以悠游
交换彼此的信息
继续玩我们的接龙
喝我们的水　茶　酒

那才是真正　爱的语言

很想告诉你 3

一个人的房间

从前的我
老觉得脑子里有蜘蛛网
玻璃有刮痕
咖啡有霉味
身上有藤蔓
所有的事都不对劲

总认为前所未有的欢乐
和最深的痛苦并存
人要有一点痴疯
才能让受困的心智放松
大部分的事都急不得

从前的我
老觉得渴
好像一个人在月球或沙漠里行走

月球还是无人
道德始终与人性相悖

但我已变成现在的我

发现自己
终于走出那扇门
离开了那个房间
来到宁静的草原
像只自在的小狗
尽情翻滚　嗅着花香

原来那双脚喜欢奔跑
原来这喉头可以放声喊叫

原来
两个人比一个人
　　更自由

你对我的好

你对我的好我都知道
虽然很多时候好像很瞎
也不像你那么爱笑

如一股恒温的泉
不必担心下一刻是热还是冷
洗我的累也解了我的渴

你对我的好我都知道
虽然很多时候
话到嘴边又缩回胸臆
想拥抱的手举了又放
常有些什么卡住
但我终会找到一种语言回应你

你的好　就像那句广告词
顺从我的想象　也满足我的渴望
领我看见
差异再大都可以合一

慢慢来

慢慢来　不要急
时间还很多
　　给你的礼物
　　谁也拿不走
在静与动
持续和专一之间
　　我们创作

生活变成一件有趣的装置作品
相处互动变形成各种雕塑
　　是七彩　也是多面的
　　有拉锯折磨
也有　撕裂和扭曲

那天我们静静喝着茶
当空气很舒服的时候
　　爱情柔柔缓缓地吐出一句

嗯　就是这样啊　慢慢来　不要急

那天野餐的时候
发现你的心思好像还停留在工作上
有些话我重复了三遍
你还是听不见

害我也变得很忙
忙着发心灵的简讯给你
提醒你其他的事留给以后或稍晚
让此刻开口烦恼休息
好好享受一下风景

感觉从不要我们太累
它只说请把思维和手机关上
没有一种柔缓适合被打断

除非你更专心
才看得见种子冒出新芽
花瓣又滑落一滴露水
小狗深呼吸
光在移动

静下来放轻松　我在这里
我们一起坐下
让世界去张牙舞爪吧

没有那么难

在黑暗中飞行了那么久
摔跌了那么多次
为什么我们还能这么勇敢

也许是因为信心不断在旁边说
应该没有那么难
诚意总是伟大
有远方才有期待

应该没有那么难
多数的危机只是恫吓
是世界加重了纯真的负担

敞开心　爱才有位置坐下
才看得见星星的微笑
这里天宽地阔
一点都不觉得挤

我不担心明天
你的无畏让我心安
在变是唯一不变的不确定年代
除了坚持还有什么更美

不离不弃

如果好爱情像拿铁
是咖啡与牛奶的协奏
那么婚姻应该像蕃茄牛肉
不单是交会或共舞
　　是更浑然的相机

牛肉完全接纳蕃茄的加入
蕃茄也决定更柔软地委身
双方都没有失去自己
　　却变得更成熟有味

虽然情绪和琐事
随时都想来破坏这一锅佳肴
它们还是坚守原汁原味
在炽热的付出中
　　相互守护　彼此满足

有一天

蕃茄告诉牛肉

既然你愿意将心敞开

我也很乐意牺牲一点自我

执子之手　不离不弃

悲剧角色

曾经以为　爱就是要轰轰烈烈
就是要死去活来
不能不痛不痒
不能平淡无奇
　　既然无可避免就一定要奋不顾身

曾经以为　快乐是肤浅的
痛楚是唯一的深刻
　　在痛苦与快乐里
　　　　　　自虐和虐人

以为头破血流的自己
已被爱和恶禁锢
再也听不见外面的声音
再也无法举步移动

你来了　带了好多礼物
点起一盏灯
铺了张舒服的床让我睡

醒来后发现
我　不再是悲剧女主角

行动

你知道我最怕地震
那一天　明白也确定了很多事

地牛翻身时　我们原在客厅里各忙各的
你冲过来用大手和上半身
环抱住蹲立发出惊叫的我
在突来的黑暗和不安的摇晃里
我感到无比安稳
像母胎中的婴孩

你的 Man
治愈我的患得患失
行动证明了你的心
也帮助了一个恐爱的女孩

原来它不只是个飘忽的希望
原来它如此笃定而坚实
原来　微甜比麻辣更猛

一点点不经意
比触电的感觉更真　更珍

想跟你说谢谢

谢谢你一直在那里等我
等我慢慢长大
等我的脑袋和心思变得澄明
等那些连我自己也常搞不清楚来处的狂涛骇浪平息

谢谢你给予充裕的时间
让我找好面对世界的姿态
调整好弹簧的松紧
迎刃有余处理一次次内在的厮杀

虽然也常在这里　等
等你从琐碎中跳脱
从口水战中苏醒
等着漫长的过渡可以快点上岸
等火星人和金星人可以对话
等着某一天一起飞行

还好日子里一直有光

我们的花越长越好

谢谢你的大度

虽然你气人的功夫也颇了得

风和日丽

渐渐取替了浪漫成灾

谢谢我们的等　终于

许多事都累了

每次　发现那些恋爱时的重要场景不在了
都有点怅然若失

要不愣在新的店门前
要不像只徘徊不去的鹰
一时之间　抹不去淡淡的遗憾和震惊

许多心的地景也变了
一些原本有着位置的人
仿佛这些看得见的地物
骤然消失　骤然从生命中抽离

许多是是非非都累了
还好　我们对彼此的信心和耐心还不累

经过了那么多忽天忽地　聚散合离
物换星移　措手不及
那么多的累　变和消失不见

至少　我们还在

你知道和不知道的 4

虽然

虽然你只写过　一两封情书给我
虽然没有送过我 DUET 或 Tiffany
　　也没有 Mini Cooper 甚至是一台 i-Pod
我们还是在一起

有一段时间　我们的存款簿只有个位数
偶尔还要靠红利点数换便当吃泡面度小月
虽然尝过许多民生疾苦
我们终究还是撑了过来

虽然曾经吵得天翻地覆
连猫咪也以为这个家快待不下去
有个房间的门还被杯子摔破了一个洞
一切终究又平静下来

虽然你常搞不清楚我的品味口味
会买错我爱吃的饼干　选错我喜欢的杯子
买回一些扔了可惜不丢又碍眼的东西
常气得说不出话的我
还是欣赏这样一个不够细密的你

虽然也曾喜欢女生都喜欢的东东
羡慕过孙芸芸　幻想如果是江承沄

其实早已拥有一件千金难买的宝物

王尔德

英国剧作家王尔德说过一句话
我们这时代的生活真是单调极了
只有罪恶还带有一点色彩
他还说　不忠于爱情的人
才了解爱的悲哀
除了诱惑他什么都能抵抗

年少的时候好喜欢王尔德
读他的寓言和剧本觉得酷又杀
之后对人性了解得更深
再看那些话发现也还好

为了让生命不单调　曾死命地去看丑恶
为了更了解爱的悲哀　还刻意去踩一些泥沼
有人喜欢悲壮
但美是无辜的

涉过千山万水　真的好累

你给了我最需要的　无限纯

除了至真至纯　我什么都能抵抗

只有你治得了我

我不喜欢舌灿莲花型的坏男人
也不喜欢无微不至型的好男人
你到底是哪一种
为什么治得了我

你不懂温柔圈套
也没有深邃眼神
不是美直男　不够幽默
更称不上性感
到底是什么吸引我

也有与众不同的当红炸子鸡
愿意为我摘星取月　遮风避雨
永远让女人觉得有趣
却迷惑不了我的心

他们把爱挂在嘴边

　　生病时却毫不闻问

不会在我落水时奋身跳河

　　甚至可能在我怀孕时偷偷和别人约会

你的爱完全不同

　　货真价实　掷地有声

　　不是飞蛾扑火的那种

　　却会在危难中扑过来救我

不像冰也没那么火

　　让我在温暖中成熟

爱的相反

特蕾沙修女有句名言　爱的相反不是恨　是冷漠

有个朋友　把这句话改了一下

他说爱的相反不是恨　是怕

两个人说得都有道理
冷漠的人　心中只有自己
无视别人的需要和付出

缺乏热情　爱无法前进
少了信任　就没有真正的亲密
如果漠不关心像把刀
恐惧　则像一道墙
　　　抵挡了信任　也阻绝许多美好关系的发展

究竟是怎么办到的呢
　　你让我变得勇敢
变得奋不顾身
　　几乎已经忘了什么是爱的相反

错过

一位妻子在二十五岁时问丈夫　一生中错过了什么
丈夫沮丧地回答　我错过一个新的工作机会
三十五岁时　丈夫告诉她刚错过了一班公交车
四十五岁时　丈夫说他错过与亲人见最后一面
五十五岁时　丈夫说他错过了退休的好时机
六十五岁时　丈夫说他错过了看牙医的时间

七十五岁那一年　这位妻子不再问自己的丈夫
丈夫跪坐在病危的妻面前　想起她每隔一段时间
总会询问同样的问题　于是反过来问妻
她微笑着回答　这一生　我没有错过你
丈夫泪流满面　紧抱着妻说
对不起　我错过了你五十年来的深情

不管错过了多少好机会　好东西
　　我不想也绝不能错过　你

少奶奶

以前的我曾经羡慕过很多少奶奶
现在倒觉得自己挺好命的
也算是某一种少奶奶
那天有人问　你满意现在的生活吗
竟毫不犹豫回复肯定的答案

谁说只有每天血拼和弄脸做 SPA
浑身名牌的女人才叫少奶奶
不再单身却还是可以做自己就是

你知道我想当
筱原凉子　黑木瞳　和松岛菜菜子
那种爱情　事业　家庭兼顾的少奶奶
还是你了解我　这才是我真正的想望
就是可进可退　更随心所欲的那一种

以前　心总是飘游在远方
曾经不明白　为什么它像个破了洞的袋子
　　永远装不满
还一天到晚怪东怪西
怪自己为什么不是少奶奶

难道成熟就是变得容易知足吗
倒不尽然　当我认真去看
发现那个袋子好像已被爱填满
自由充实且不断成长的生活　就是我的渴求
　　而我正拥有它

也许我真的变了

那些说自己永远不可能……
或是绝不可能再……的人
似乎忘了人生有太多难以预料和不能掌握的事

我的许多不可能和铁齿
都已被各式各样的可能——击溃
过去的自己
也不断被新的自己破碎和重建

没有什么是不可能的
但我对未知并不恐惧
智慧会在迷雾中为我们开路
也会赐予越过某个坑洞的勇气

没有人可以预知未来
可是我们会更清楚内在最深的渴求

不管发生什么事

至少我知道谁治愈了我的恐惧

也相信爱有多深

路就有多长

也许我最大的变

就是更看清楚自己了

每个人都有过去

有对夫妻结婚十年
丈夫对于妻子长久锁着某个梳妆台抽屉
有些不悦　某天趁妻子不在家
　　偷偷打开了抽屉
发现里头满满装着自己多年来
写给初恋女友的　被退回的信件
　　但每封信都没有被拆开

丈夫一直认为自己很尊重对方隐私
却在好奇打开抽屉的那一瞬间赫然发现
　　和妻子的大度相较　自己所做的是那么微不足道

也许我们默默为对方所付出的
　　远超过彼此的想象
也许我们都还有些彼此所不知的“往事的细节”
　　也许有一天　会突然从哪里掉出或跳出
一封十几年前或二十几年前的信
或某张照片　也许是你的　也许是我的
　　　　　　是那种所谓“深藏在心底的秘密”

在那一刻或许会有胸口刺痛的感觉

但那些私密和尘封的　本就不该再被掀动或开启

　　不是吗　都是过去式了

曾经以为自己是没有能力爱人的

每个人的背后都有个巨大的世界

怕自己无法面对也承担不了

　　现在的我已经不怕了

　　原来　爱可以训练人的容量和胆量

还好

要我尝第一口你的咖啡时
我已经知道那是什么

要我陪你买给家人的礼物时
我也知道

帮我吃完剩下的半盘芒果冰时
我知道
每次目送我进家门
我知道
两个人走路你都走靠马路的那一边
我知道
接吻时你偷偷把眼睛睁开
我知道

你只穿我赞美过的衣服
这些我都知道

我们都浪费过一些眼泪
都曾误把虚情当真情
做错许多选择
不只一次迷路到心慌

还好我们遇见了彼此
让很多的错变成　对
不是一见钟情
也不是一时激情
是一种内心深处的了然

“这次是真的”
是比其他知道都来得重要的知道

幸福圣战

不久前听到颇让人焦虑的一句话
感情的危机每一个阶段都存在

这一路上枪林弹雨
若没有足够的装备
和像你这样从容笃定的战友
很可能三两下就成为炮灰

到处都是欲望的陷阱
和混淆视听的指标
我们称不上什么战略高手
路径也不怎么熟悉
只是比较小心翼翼

任何一个轻忽都可能失散
任何危机的地雷都要避开

内讧时我知道那可能是敌人的诡计
软弱时需要借用你一点信心的氧气
难怪有那么多人未战先败
配备里不能有怕累和悲观

路还很长 但我愿意和你一起 fight 到底

5 我常常

我们都不是孤岛

命运和机会
总把我们牵引到奇特的地方
奇特的状态

你花了好多时间
拨开我的担虑
陪我的忧患聊天
唤醒久违的热情
和以为早已失去的　纯

这个交会是全新的联结
是一次破碎解构后的再重组
常在文字中梦游
人海中逆向的我
突然看见了远方

我们都不再是座孤岛
愿意与现实和好
不再漂　流　浮　沉
和游移在等候的不安中

我真的了解你吗

每个女人都不一样　男人也是
有人说男人比女人好懂多了
　　也不尽然
你就常让我觉得自己只看到海平面以上
　　底下其实还有一个更美的深海世界

常常在想
也许你觉得我不了你的时候
比我觉得你不懂我的时候更多
　　　　　　只是我比你怕寂寞
　　更想被理解和认同

不过我始终相信一事
如果一件东西耐看
　　每次看　常常看
　　不管什么时候看
都还是会很喜欢

对爱情也是这样
希望它或近看或远观
无论经过多少时间
都很耐

为了想看得更懂
决定要好好来探勘那海面以下的部分了

我让你有安全感吗

我里面的喧闹和外面的安静
有时你不太能明白

偶尔小忧郁会打鼓
噪音和幻影挡着我
常觉得脑子里有蜘蛛网
身上有藤蔓要拨开
自己也很着急

不管像个陀螺自顾自瞎转
或是在未知无际的海洋上水母漂
不管怎么乱了又静
静了又乱
醒来后你都还在

看着我从这个区块晃到那个区块
从这个群组跑到另一个群组
好像从不怕我找不到回来的路

是什么让你对我的不安全放心
稳得像一座山
到底是你太了解我
还是我看不懂你的老神在在

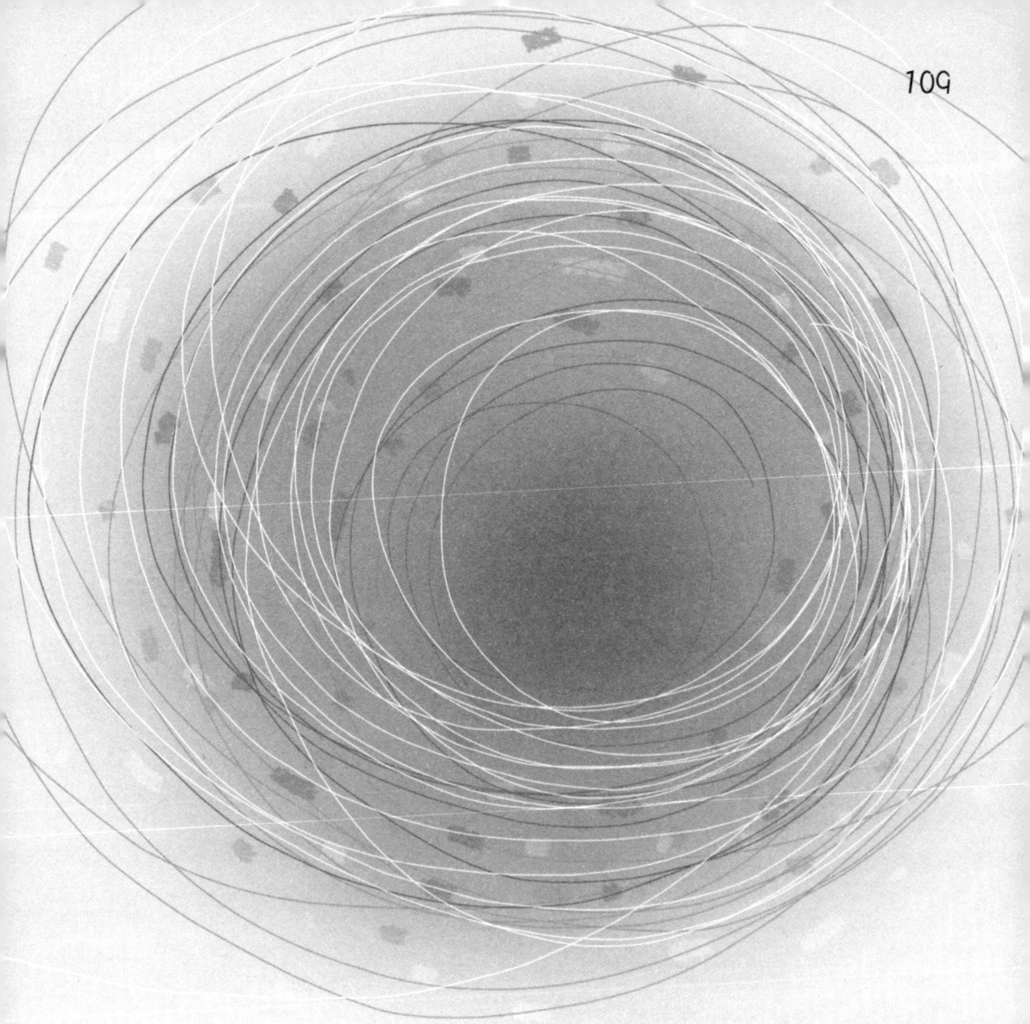

走钢索

有一段时间
你一直在测试我的平衡感
这条线走起来已不容易
还让我像个小丑
不断在我左手上加圈圈
关于责任的　妥协的　性格调整的

忘了当初是怎么进这个马戏班的
原本并不知有这么多不好玩
我的手上时常装满了圈圈
右手上我自己的几个圈圈也在旋转
刚开始有点手忙脚乱
还好很快便恢复了职业水平

我的脚不断下沉　手也有点虚软
好像离地面越来越近
底下的人都在看
为了不掉下去
连呼吸都很战兢
信心支撑着每一步

有时　也想知道掉下会如何
但另一端的你
始终用坚定的眼神告诉我
这点小把戏难不倒我

如今　已不怕那半空中的孤单
和手上旋得人眼花缭乱的圈环
钢索上的我　已能自在轻盈地

保持轻熟女的最佳平衡

我是我的百宝箱
是我自己的医生
自己的 DJ 舞者　警察　律师
也是自己的海浪
春雨　甜点　门墙　垃圾桶
和手帕

还不认识你之前
我是自己的情人　镜子　雨伞
钢琴　安眠药　洋娃娃
瞬间胶　手电筒

是自己的号角　勋章　旌旗
挥出去的球
和弩上的箭

以为自己是无敌女超人

结果你一把将我抱起

一秒钟就带我到要去的地方

才发现　原来过去的我是自己的网罗

还是要微笑

尽管想象比较顺利
道德与人性相悖
雨水阳光海洋都有毒
语言忙于动作唯美依然静默
提款卡被盗前照车灯被敲破
鲑鱼无处产卵琵鹭无处藏躲
我们的烦恼是别人的祝福
还是要微笑

尽管春天爱来不来
那句话要说不说
天空不像天空
文人成为政客
误解比山高成规比海深
流浪狗遭电击
总有人坏了好事
还是要

亲爱的　微笑吧
微笑有益身心帮助消化
也许可以找着被劫持的安稳
松　放轻　松
当知识的抓取或心灵的净化
都已不能满足缺乏和解决空洞的时候

还是　微笑吧

等

吃完饭

睡醒觉

雨下好

太阳出来

关上计算机

结束通电话

车子开走

猫咪回到原处

剪掉这撮刘海

桌子擦干净

打出那个嗝

灯又亮

行星找到恒星

世纪翻过身

善和恶一样多

所有的恐惧　和　担心都睡了

我们就可以

好好恋爱啦

我的爱很大

你知道我有好多好多爱
它们从来都不只在一个地方
爱造物主　爱夜　爱书
爱那些令人目不转睛和爱不释手的
爱周围需要帮助的人
还有那只猫和路上的流浪动物

它们要分给很多人
有时我不太明白为什么
你和别的男人不一样
可以用最让我自在舒适的方式
爱我喜欢我

难怪我会这么喜欢你
因为你的爱也跟我的一样　可以很大很大

为什么你受得了我

在这个星球上　可能只有你一个人受得了我
我是无可救药的耽美者　是座温柔的活火山
一不小心就会被灼伤　还会把你挡在门外

衣服常忘了晒
　　花总是忘了浇
不是听不见你说话
　　就是常说　嘘　不要吵
　　　　　　　你有离开我的一百个理由

也有一种可能　全宇宙只有我受得了你
你有那么多只有我才知道　让人抓狂的坏毛病
不止一次认为自己总有一天会被你逼疯

　　为什么你受得了
　　没事喜欢在雾中漫游　不知在找什么的我
　　　　还愿意牵着我的手

　　奇怪的是
　　　　　为什么我受得了一直让你牵着呢

恋爱像打网球

常问自己到底哪里好
这样一个独立又喜欢自处
不习惯被呵护又不太会照顾人
让有伴的你总像个单身汉的女生
到底有什么好

虽然不野蛮也很讲理
不少人说我 EQ 高
其实沉默时
像只会咬人的米菲兔
就算开口
也常让人摸不清球路

以前觉得恋爱像双人舞
有进有退　有旋转　有推拉
合作无间　才能创造出完美的节奏感

现在觉得恋爱更像打网球

需要点耐力　还需要耳清目明

要会发球　更要会接球

到底有什么好的呢

很可能是因为　我是你最好的球友

因为如果 6

好可怕的发现

如果有一天
我像小王子的作者圣修伯里一样
突然消失了
你可以照顾自己吗

找得到汽车备用钥匙
和保险箱密码吗
做蛋炒饭的时候
会不会像上次那样
先放了饭才加蛋

你蒸的包子总是半生不熟
穿的衬衫有时半湿半干
你知道我想当公主不想当妈
可是永远狠不下心离家出走

如果有一天
你莫名其妙突然消失了
我可以照顾自己吗
可以再回到一个人的独立吗

你有大大的手掌坚实的肩膀
和愿为所爱遮风避雨的心
那是我能少的吗
原来完全合起来就可能再也离不开
真是个好可怕的发现

全天下男人都会犯的错

如果有一天
你也犯了那个错
我会有什么反应呢

也许会找茱丽陪着一起哭
或像小玉一样拿刀在腕上割
也可能趁着月黑风高带着猫宝离开

不过请不用担心我

失望应该多于难过

惋惜　多于忿恨

遗憾我们的小世界变了形

遗憾你只听了我一半的音乐

遗憾　还有好多好多礼物要给你

如果你真的敢犯那个错

应该也会很自责

不会比我少折磨

罪恶感将和我的悲伤一起焚烧

一切都化为灰烬　尘烟　和碎屑

每次你开心地听着我唱歌

收我的礼物　喝我泡的茶

在某个对着我傻笑的片刻

常有个细微的声音在旁边说

如果真的犯了

请不用担心我

每个人都会犯错

好眼泪坏眼泪

好多男人怕承诺未来

怕被绑　怕太累

怕感情影响事业

怕不能让对方过好的生活

有一百个不想定下来的理由

女人也有好多怕

怕胖　怕老　怕黑

怕太快陷入　怕受伤

怕沟通障碍　怕动弹不得

怕男人变心　怕被当成拖鞋

怕的时候会流出坏眼泪

越过了无数个海峡和山谷

我们终于可以缓下来喘口气

不知爱怎么说出口

笑容和泪水会帮我们说

我的泪都是好眼泪

没有坏眼泪

因为你不会让我怕

空气清净机

周围的空气越来越糟
怨声遍野　脏话满地
每个人都有挥不去的烦恼
解不开的迷咒　跳不出的框框
丢出去又弹回来的负面

大部分的毒气出于情绪
某些释自灵魂的伤口
世界不断想把垃圾塞进人心
难怪人们总是这么累

每天吸进大量生命杂质
和世界垃圾制造的怪味
外加各种爱的呼喊
还可以保持健康和信心
或许是因为　身边有台空气清净机

你听见了吗

爱的小花要长得好
真的需要耐心浇灌

即使有空就维护关系硬盘
随时更新扫毒
也很关切彼此成长的速度
误解的毒虫　还是不时想渗透进来
即使像我们这么亲　近
也有语言和沉默都无能为力的时候

如果有一天
你说你已经累了
再也不想多说
再也不想解释
不想让我了解你真正的
想法　动机　弦外之音
也不想再弹琴给我听
我们的小花就会凋萎

沟通就是不怕麻烦

不厌其烦地和对方说话

然后不断在冲突中和解

为了让小花继续盛开

谁都不能放弃发言权喔

床边故事

如果五十年后
我们还在一起
还会像现在一样常吵架吗
会为了没赶上电影首映是谁的错吵一整晚吗

想到我们可能会在一起那么久
就觉得没什么好吵的
以五十年来说
那些事一点都不重要

如果五十年后
我们还在一起
也许该有个特别的庆祝
可以制作一本共同记忆的地图
或是在家里办一个小型展览

我们已经用生命
写了一本有点超现实的冒险童话
也许可以给下个世纪的孩子们当床边故事

告诉他们

从前从前

在二十一世纪刚开始的时候

想和所爱共同生活几十年还是许多恋人的向往

那时候已有许多人不相信真爱

也渐渐放弃寻宝计划

却有两个傻子

坚持他们的神鬼奇航

最近把许多我们用过的东西和交换的礼物

装进了时空胶囊

藏在公园那棵大树下

也许五十年后

再拿出来

可以放进这本未来的童书作证物

当个插图

其中一张卡片上有你手抄的一段词

人有悲欢离合　月有阴晴圆缺　此事古难全

但愿人长久　千里共婵娟

图书在版编目（CIP）数据

我喜欢你喜欢我 / 张璇著. -- 北京 : 北京联合出版公司, 2014.6

ISBN 978-7-5502-2983-9

Ⅰ. ①我… Ⅱ. ①张… Ⅲ. ①随笔－作品集－中国－当代 Ⅳ. ①I267.1

中国版本图书馆CIP数据核字(2014)第092983号

著作权合同登记号：图字01-2014-3168

我喜欢你喜欢我

作　　者：张　璇
出版统筹：精典博维
责任编辑：李　征
策划编辑：李明莉
特约编辑：王　文
装帧设计：博雅工坊 · 肖杰

北京联合出版公司出版
（北京市西城区德外大街83号楼9层 100088）
北京新华印刷有限公司印刷　新华书店经销
字数12千字　787毫米×1092毫米　1/32　4.5印张
2014年7月第1版　2014年7月第1次印刷
ISBN 978-7-5502-2983-9
定价：28.00元
